AF360095

COLLECTIONS

FÉLIX DOISTAU

3e Vente

COLLECTIONS

FÉLIX DOISTAU

BOISERIES ANCIENNES

CHEMINÉES EN MARBRE

Trumeaux — Glaces — Bibliothèque — Console
DU XVIIIe SIÈCLE

TROISIÈME VENTE

CONDITIONS DE LA VENTE

Elle sera faite au comptant.

Les acquéreurs payeront *dix pour cent* en sus des enchères.

L'exposition mettant le public à même de se rendre compte de l'état et de la nature des objets, il ne sera admis aucune réclamation une fois l'adjudication prononcée.

L'enlèvement des boiseries et cheminées aura lieu aux frais, risques et périls des acquéreurs, et devra être terminé dans un délai de quinze jours à dater du Samedi 27 Novembre 1909, lendemain de la vente.

Paris. — Imp. Georges Petit, 12, rue Godot-de-Mauroi. — 20:36-09.

CATALOGUE

DES

Boiseries Anciennes

CHEMINÉES EN MARBRE

Trumeaux — Glaces — Bibliothèque — Console, etc.
DU XVIIIᵉ SIÈCLE

GARNISSANT LA PROPRIÉTÉ DE

M. FÉLIX DOISTAU

à Pantin (Seine), rue de Paris, 96

ET DONT LA VENTE AUX ENCHÈRES PUBLIQUES AURA LIEU

à PANTIN (Seine), rue de Paris, 96

Le Vendredi 26 Novembre 1909
à trois heures précises

COMMISSAIRES-PRISEURS

Mᶜ F. LAIR-DUBREUIL | **Mᶜ E. FOURNIER**
6, rue Favart, 6 | 29, rue de Maubeuge, 29

EXPERTS

MM. PAULME & B. LASQUIN FILS | **MM. DUCHESNE & DUPLAN**
10, rue Chauchat   11, rue Grange-Batelière | 10, rue Rossini

---

EXPOSITIONS

Les Mercredi 24 et Jeudi 25 Novembre 1909, de 1 heure à 4 heures

Nᵒ 1. Boiserie. — Nᵒ 2. Cheminée.

DÉSIGNATION

GRAND ET PETIT SALONS

1 — Boiserie décorant les murs de la pièce, formée d'un salon
et d'un petit salon; elle comprend :

1° Trois portes à deux vantaux, avec dessus de portes et
encadrements.

2° Deux glaces cintrées à archivoltes, sur pilastres, avec
écoinçons et console à la clé.

3° Quatre encadrements de fenêtres et un encadrement
de baie moulurés à oves.

4° Seize panneaux encadrés, à moulures, avec rosaces
aux angles, dont trois agrémentés de guirlandes rapportées.

5° Deux frises à rinceaux de feuillages. Époque Louis XVI.

Haut., 3 m. 70.
Développement des murs, 31 m. 70.

2 — Cheminée droite en marbre rouge veiné de blanc, faite
de deux pilastres à cannelures et linteau mouluré, avec
tablette au centre, en marbre blanc, présentant un trophée
d'attributs. Époque Louis XVI.

Haut., 1 m. 13 ; long , 1 m. 23.

SALLE A MANGER

3 — BOISERIE décorant la pièce. Elle comprend :

1° Deux glaces analogues à celles du salon.

2° Deux portes à deux vantaux, surmontées d'une frise et de deux dessus de porte.

3° Deux fenêtres et leurs chambranles.

4° Quatre panneaux rectangulaires, surmontés de peintures en grisaille, de forme ronde : Jeux d'amours.

5° Deux vitrines encastrées, surmontées de guirlandes, chutes et attributs divers. Époque Louis XVI.

Haut., 3 m. 70.
Développement des murs, 22 m. 70.

NOTA. — Les deux glaces de cette boiserie pourraient, au besoin, former le complément de la boiserie du salon, dont elles faisaient primitivement partie.

4 — CHEMINÉE droite en bois sculpté, faite de deux piédroits, surmontés d'une rosace et d'un linteau, décoré de canaux et de rais de cœur, au centre duquel est, en saillie, une tablette avec double écusson à initiales entrelacées et enguirlandées de lauriers. Époque Louis XVI.

Haut., 1 m. 21 ; long., 1 m. 77.

BIBLIOTHÈQUE

5 — BOISERIE décorant la pièce ; elle comprend :

1° Une porte à deux vantaux, avec frise et dessus de porte.

2° Deux encadrements de fenêtres.

3° Cinq panneaux encadrés de moulures, avec rosaces aux angles, surmontés d'un motif de feuillages et attributs.

4° Six petits panneaux étroits à couronnes de lauriers et chutes de feuillages.

5° Quatre panneaux unis, avec rosaces aux angles supérieurs. Époque Louis XVI.

Haut., 3 m. 75.
Développement des murs, 15 m. 60.

6 — CHEMINÉE droite en marbre brèche d'Alep, faite de deux pilastres et d'un linteau à décor de cannelures et rosaces. Époque Louis XVI.

Haut., 1 m. 12 ; larg., 1 m. 57.

7 — DEUX PETITES CONSOLES d'encoignure en bois sculpté et peint, à décor de volutes feuillagées. Dessus en marbre brèche d'Alep. Époque Louis XV.

Haut , 82 cent ; prof., 43 cent.

8 — BIBLIOTHÈQUE à quatre portes vitrées, en bois sculpté et peint, à décor de moulures contournées et feuillages. Époque Louis XV.

Haut., 2 m. 77 ; larg., 2 m. 45.

Premier étage

GRANDE CHAMBRE A COUCHER

9 — CHEMINÉE de forme contournée, en marbre veiné rouge ; trise à moulures et palmettes sur consoles formant piédroits ; tablette moulurée. Époque Louis XV.

Haut., 1 m. 05 ; larg., 1 m. 66.

10 — PARTIE DE BOISERIE du commencement du xviiie siècle, en chêne sculpté et ciré, décorant la pièce et comprenant :

1° Deux portes à deux vantaux, à décor de moulures, rinceaux feuillagés et fleuris, coquilles et agrafes aux angles supérieurs.

2° Six petits panneaux étroits à décor de cartouches, rocailles et feuillages.

Trumeau fait d'une glace à encadrement avec fronton à coquille, attributs de l'Amour et guirlandes. Il est encadré d'un corps de moulure ornée.

Hauteur d'une porte. 2 m. 85.

AUTRE CHAMBRE A COUCHER

11 — GRANDE CHEMINÉE en marbre à moulures contournées, avec cartel rocaille ; tablette moulurée. Époque Louis XV.

Haut., 1 m. 20 ; long., 1 m. 85.

12 — TRUMEAU en chêne sculpté et ciré ; encadrement de glace de forme contournée à baguettes et enroulement de feuilles ; fronton présentant un cartel à rocailles et guirlandes de fleurs. Époque Louis XV.

Haut., 1 m. 65 ; larg., 1 m. 25.

AUTRE CHAMBRE A COUCHER

13 — CHEMINÉE en marbre vert Campan, de forme contournée ; cartel à palmettes et rinceaux feuillagés ; piédroits en forme de consoles avec couronnement et tablette moulurée et contournée. Époque de la Régence.

Haut., 1 m. 08 ; long., 1 m. 65.

BOUDOIR

14 — PETITE CHEMINÉE en marbre brèche d'Alep, de forme contournée, finement moulurée, accotée de piédroits en forme de consoles. Époque de la Régence.

Haut., 1 m. 03 ; long., 1 m. 10.

15 — TRUMEAU en bois sculpté, peint et partiellement doré. Il se compose, entre deux petits pilastres, d'une glace encadrée, ornée d'une moulure et surmontée d'une peinture ancienne à sujet champêtre dans un encadrement contourné à rinceaux fleuris. Commencement du XVIIIᵉ siècle.

Haut., 1 m. 75 ; larg., 1 m. 04.

CABINET DE TOILETTE

16 — TRUMEAU en bois sculpté et peint en blanc, avec glace encadrée d'une moulure ornée, surmontée d'une peinture en camaïeu rose : paysage. Époque de la Régence.

> Haut., 2 m. 05; larg., 1 m. 10.

17 — AUTRE TRUMEAU, avec peinture ancienne, d'après Van Loo : La Musique.

> Haut., 2 m. 90; larg., 1 m. 10.

AUTRE CABINET DE TOILETTE

18 — CHEMINÉE droite en marbre bleu turquin: piédroits en forme de console, supportant une frise à rinceaux, entrelacs et rosaces. Époque Louis XVI.

> Haut., 97 cent.; long., 1 m. 40.

JARDIN

19 — DEUX STATUETTES en terre cuite, jeunes femmes créoles assises, figurant la Musique et la Danse. Elles reposent sur des socles de même nature, à canaux moulurés et guirlandes de fleurs.

> Haut. sur socle, 2 m. 15.

20 — POTENCE en fer forgé, décor à feuillage et rinceaux. XVIII⁰ siècle.

> Haut., 1 m. 15.
> Saillie, 1 m. 25.

SALLE DE BILLARD DU JARDIN

21 — TRUMEAU en chêne sculpté et ciré, comprenant une glace encadrée de moulures, ornée, aux angles inférieurs, d'un enroulement de feuillages et, à la partie supérieure, d'un cartel à rocailles et rinceaux fleuris.

Le panneau supérieur à coins cintrés et ornés est décoré d'un médaillon central sculpté en bas-relief : Amour symbolisant la Science. Époque Régence.

Haut., 2 m. 71 ; larg., 1 m. 61.

22 — CHEMINÉE en marbre brèche, de forme contournée et moulurée, ornée au centre du linteau, d'une palmette. Époque Louis XV.

Haut., 1 m. 22 ; long., 1 m. 66.